Eliane Schierer

SECRET D'ETAT

Synopsis

Le corps du marquis, Pierre-Henri de Cassasse, est découvert par son épouse Iris au château *Roc de Bourg,* le matin tôt.

Ce dernier se situe aux environs de Nancy. L'assassin l'a supprimé à l'aide d'une arbalète. Une flèche est logée dans sa tête, la seconde dans son thorax.

La médecin légiste, Marion Hubert, constate que la victime a d'abord été anesthésiée à l'aide de barbituriques.

Pierre-Henri était directeur de la *French Investment Company.* Il s'était aussi très investi dans une campagne électorale de son parti *LA FRANCE.*

Qui avait un motif pour souhaiter sa mort ?

Est-ce qu'il s'était fait des ennemis dans sa vie professionnelle ? Y avait-il des irrégularités au sein de son parti politique dont il voulait être le président ?

Est-ce qu'il s'entendait bien avec tous les membres de sa famille ? Que cachait le passé de la victime ?

La porte d'entrée n'a pas été fracturée donc le marquis devait connaître son assassin.

Le commissaire Julien Morin et le sergent Clovis Durand sont chargés de l'enquête, sous la direction de Madame le Commandant, Marylène de Sevrac.

Ils devront collaborer également avec Madame Garance de Saint Pierre, Procureure de la République.

Nos deux policiers résoudront avec brio cette enquête qui s'avère très difficile grâce à l'aide de leurs collègues,

Eglantine Brignon, de la brigade financière, d'Estelle Dupont, Robert Müller, de la brigade scientifique ainsi que de Rachel Weismann et Marc Sternberg de la DGSI.

A sept heures un vendredi matin de mai, Iris de Cassasse se leva et ouvrit les volets. C'était une très belle femme d'une cinquantaine d'années. On entendait les merles siffler leurs dernières chansons. Une brise de vent tiède remplissait la chambre à coucher. Il faisait déjà très chaud pour la saison.

Elle fut étonnée de ne pas apercevoir son mari, Pierre-Henri. Elle l'appela, pas de réponse. Elle alla voir dans son bureau et dans la salle de bain. Personne. Elle descendit au rez-de-chaussée. Soudain, elle poussa un cri strident.

Son époux était allongé dans la bibliothèque, les yeux grands ouverts. Une flèche d'arbalète était logée dans son front, l'autre dans son thorax. Alerté par ses cris, son fils Stéphane, âgé d'une vingtaine d'années, dévala les escaliers et la prit aussitôt dans ses bras ; elle sanglotait. Ce dernier était âgé d'une vingtaine d'années.

— Maman, n'entre pas, je vais appeler immédiatement le commissariat de police. Il ne faut pas pénétrer sur une scène de crime, cela permettra aux enquêteurs de relever des empreintes. Viens, mets-toi assise dans le fauteuil.

— Allô, bonjour Monsieur le Commissaire, venez-vite, mon père a été assassiné. Non, nous n'avons touché à rien. Oui, nous attendrons votre venue. C'est au château *ROC DE BOURG* à la sortie de l'autoroute juste à 10 kilomètres de Nancy direction Fléville. Merci.

— Avant de partir je vais appeler Madame la Procureure de Saint Pierre, s'écria Morin. Il nous faut, avant toute chose, une commission rogatoire pour le domicile de la victime et pour son lieu de travail.

— Allô, bonjour Madame la Procureure, désolé de devoir vous déranger de si bonne heure mais nous avons un meurtre à élucider. Il s'agit du marquis Pierre-Henri de Cassasse ; son fils vient de nous appeler et nous aimerions perquisitionner sa demeure ainsi que sur son lieu de travail.

— Bonjour commissaire Morin, saviez-vous qu'il était aussi très investi dans son parti politique *La France ?* Je le connaissais. Vous devriez donc, logiquement aussi faire des fouilles dans ce sens.

— Je vous enverrai un coursier du palais de justice au château du défunt. Tenez-moi au courant de l'avancement de l'enquête à la fin de la journée s'il-vous-plaît. Merci !

— Certainement, merci Madame de Saint Pierre, nous déployerons nos services sur les trois lieux.

Iris était en train de s'habiller. Elle avait l'impression d'être un automate.

Un quart d'heure plus tard, la police scientifique et la brigade financière arrivaient sur le lieu du crime, accompagnées du commissaire Julien Morin et du sergent Clovis Durand.

— Madame de Cassasse, Monsieur de Cassasse, nous vous présentons nos condoléances pour le meurtre de votre époux et de votre père. Pouvons-nous vous poser quelques questions, s'il-vous-plaît ?

— Faites, fit la marquise en pleurs. Comment peut-on vous aider ?

— Nos enquêteurs vont procéder à des analyses de l'ordinateur de votre époux pendant que la brigade scientifique inspectera la scène de crime au peigne fin ainsi que votre maison. Notre médecin légiste devra autopsier le corps de votre mari, c'est la procédure car il y a eu meurtre.

— Je comprends.

— Nous aurons dans les prochaines minutes aussi une commission rogatoire de Madame la Procureure de Saint Pierre pour des fouilles plus complètes de son lieu de travail et de son parti politique, vous m'en voyez navré.

— Je refuse, s'écria le jeune homme, hors de lui. Nous sommes considérés comme des suspects, on aura tout vu ! Pourquoi perquisitionner chez nous, c'est insensé !?

— Laisse, fit la mère, ils doivent retrouver l'assassin, nous ne devrons pas nous opposer à ce qu'ils fassent leur travail. Nous n'avons rien à nous reprocher.

— Merci Madame la Marquise, encore désolé de devoir vous infliger ceci, répondit Morin.

— Excusez-moi, fit Stéphane, c'est l'émotion, la colère contre le meurtrier.

Soudain on entendit frapper à la porte.

— Bonjour je suis le coursier du palais de justice, j'ai des documents pour le commissaire Morin.

— Bonjour, Monsieur, ils me sont donc destinés, merci beaucoup.

— Pouvons nous vous poser encore quelques questions avant de partir ? Nos équipes vont commencer leurs investigations de suite.

— Allez-y, répondit Iris.

— Est-ce que votre époux a reçu un visiteur hier soir ?

— Oui, il y avait son assistante du parti politique qui est venue vers 21 heures. Ils avaient des détails à régler pour les élections. Hélas, il n'y participera plus. Je ne puis m'imaginer que Madame de Marillac l'ait assassiné, cela n'a aucun sens. Et pour quelle raison ? Je l'ai entendu partir vers 22 heures, ensuite je me suis couchée. Pierre-Henri m'avait dit qu'il devait terminer encore un travail à la fin de la réunion et qu'il me rejoindrait ensuite. Comme je prends des somnifères, je n'ai plus rien entendu, malheureusement.

— Est-ce que votre mari avait changé ces derniers temps, est-ce que quelque chose le tracassait ?

— Oui, il s'était plaint d'un de ses membres de son parti politique cependant, je ne puis vous en dire davantage, désolée Monsieur le commissaire. Il était lié au secret professionnel. Je ne connais pas non plus son nom. Je sais juste que mon époux était en colère et déçu.

— Et qu'en était-il de son lieu de travail ? Avait-il des ennemis ? demanda Durand.

— Je pense que tout allait bien de ce côté là car il ne s'en plaignait que très rarement. Pierre-Henri détestait cependant quand les employés arrivaient en retard. Pour lui c'était un manque de respect.

— Je comprends or ce n'est pas un motif pour assassiner quelqu'un. Qu'en était-il de ses connaissances ? Est-ce qu'ils le soutenaient ou est-ce que certains étaient jaloux de lui ?

— Vous savez sergent, c'est comme partout, il y a les vrais amis et ceux qui font semblant.

— Le moment est peut-être mal choisi par contre, pourriez vous nous dresser une liste de ses fréquentations ainsi que des membres de son parti politique. Pour le bureau, ne vous inquiétez pas, nous allons nous débrouiller seuls.

— Je vais le faire immédiatement, répondit la marquise ; si cela peut vous permettre d'attraper le coupable, pourquoi pas.

— Voilà la liste. Je ne connais malheureusement pas tous les membres du comité de *LA FRANCE*.

— Merci, c'est très aimable.

— Nous vous attendrons demain matin à 9 heures au commissariat de police de Nancy, 54, avenue de Verdun pour signer vos dépositions respectives. Si vous avez besoin d'un médecin, je peux vous en envoyer un.

— Oui, ce serait bien, je ne me sens pas trop bien, c'est le choc, l'émotion.

— Ne vous inquiétez pas, je vais appeler le docteur Marcel Dumont, notre médecin légiste étant occupée pour l'instant.

— Quand allons-nous pouvoir disposer du corps de mon père ? demanda Stéphane.

— Dès que l'autopsie sera terminée. Nos services vous contacteront et vous aideront pour l'enterrement.

— Merci c'est très aimable, rétorqua Iris.

— C'est la moindre des choses, fit Morin.

Soudain on entendit sonner.

— Bonjour, je suis le docteur Dumont.

— Veuillez vous donner la peine d'entrer, répondit la marquise, c'est pour moi.

Iris était pâle comme un linge. Ses yeux bleus étaient rougis.

— Nous allons vous laisser, fit Durand. A demain, Madame, Monsieur.

— Combien de noms y a-t-il sur cette liste ?

— Oh pas tellement, répondit Morin, six en tout dont deux amis et quatre collègues de son parti politique. Ne t'inquiète pas Clovis, nous ne sommes qu'à la première journée de l'enquête.

— Madame la Procureure veut rapidement des résultats, cela me stresse.

— C'est une personne compréhensive, ne te tracasse pas, elle est très compétente et nous a toujours bien soutenus. Ne la crains pas ! Je travaille depuis longtemps avec elle, et comme tout un chacun, elle a de bons et de mauvais jours, c'est ainsi. Tu sais, elle aussi a beaucoup de pression.

— D'accord, je suivrai tes conseils, répondit Durand.

— Nous allons commencer par appeler ces gens pour pouvoir les rencontrer, ensuite, nous retournerons à la *French Investment Company* pour interroger les collègues de la victime.

Nos forces de l'ordre se rendirent à leur bureau et contactèrent les six personnes.

— Monsieur et Madame Gérard et Louise Mathieu, amis de Pierre-Henri ;

— Monsieur Jean-Louis Archer, secrétaire de *LA FRANCE*

— Madame Heloïse de Saint Jean, trésorière de *LA FRANCE*

— Madame Marguerite de Marillac, assistante de Pierre-Henri, *LA FRANCE*

— Monsieur Henri Dupuis, membre du comité, *LA FRANCE*

— Viens Clovis on va à la *French Investment Company*. Le premier témoin ne vient qu'à 14 heures. Je suis curieux de connaître les conclusions d'Eglantine quant aux comptes des de Cassasse. Nous mangerons un sandwich en route, je m'arrêterai à la boulangerie *CHEZ MARIE*.

— Oui Julien.

— Clovis, avec le temps, tu deviendras plus calme, nous ne sommes qu'au début de l'enquête et crois-moi elle ne sera pas de tout repos.

— Merci pour ton soutien, Julien, j'apprécie. Depuis la mort de ma femme, j'ai les nerfs à fleur de peau. Le psychologue m'a dit que, d'aller travailler, me ferait du bien et je pense qu'il a raison.

— Certainement, Clovis, cela fait seulement trois mois qu'elle est décédée donc oui, il te faudra encore un peu de temps pour te remettre.

— Elle souffrait le martyre, lança Clovis, cela ne pouvait plus continuer ainsi, c'est la seule chose qui puisse me consoler pour l'instant ; soit, je me concentre sur l'enquête, c'est important d'avoir les idées claires.

— On va y arriver, tu vas voir. Nous voilà arrivés ! Ah, nos collègues nous attendent.

— Estelle, Robert, Eglantine on vous fera signe, d'accord ? Merci d'aider votre confrère. Vous patienterez quelques minutes ici.

— Oui Monsieur le commissaire. Nous avons suivi des cours de comptabilité ces derniers mois.

— Excellent, bravo !

Les enquêteurs se rendirent sur le lieu de travail du marquis.

— Bonjour, nous sommes de la brigade de Nancy, nous aimerions nous entretenir avec un de vos supérieurs. Nous enquêtons sur la mort de Monsieur Pierre-Henri de Cassasse.

— Un instant Messieurs, proposa la jeune femme à la réception, je vais appeler Monsieur Jacques Diligent, il pourra vous renseigner. Veuillez me suivre s'il-vous-plaît, fit-elle, après avoir averti son patron.

— Bonjour, Jacques Diligent, sous-directeur, comment puis-je vous être utile ?

— Bonjour Monsieur, voici le sergent Clovis Durand, je suis le commissaire Julien Morin. Nous vous présentons nos sincères condoléances pour le décès de Monsieur de Cassasse.

— Je suis sous le choc, croyez-moi, dites-moi ce que je peux faire pour vous aider ?

— Que pouvez-vous nous dire au sujet de Monsieur le marquis ?

— Pierre-Henri était quelqu'un de correct, de compétent et de sympathique. Il était assez sévère notamment sur le temps de travail et la ponctualité or, à part cela, je ne vois vraiment pas qui aurait pu lui en vouloir ?

— On ne tue pas quelqu'un pour un tel motif, dit Morin. Est-ce qu'il avait des ennemis au sein de l'entreprise, est-ce qu'i l avait des soucis personnels ?

— C'est vrai qu'il avait changé ces deux dernières semaines, il avait l'air absent et triste. Quand je lui ai demandé si quelque chose n'allait pas, il m'a dit que c'était un coup de fatigue et qu'il avait besoin de vacances. Je n'étais pas convaincu, et maintenant, je m'en veux car j'aurai dû insister.

— Nous sommes amenés à analyser son ordinateur. Nous avons un mandat de perquisition en bonne et due forme.

— D'accord, aucun soucis, dites à vos experts financiers, plus vite ils auront terminé et mieux ce sera.

— Nous devrons aussi interroger les collaborateurs les plus proches de Monsieur le marquis.

— Bien, si vous le souhaitez, or, je ne pense pas que quelqu'un lui en voulait spécialement. Je vais appeler tout le personnel dans notre salle de réunion dans dix minutes ainsi, vous pourrez les interroger.

— Combien de personnes travaillent ici ?

— Nous sommes 20 en tout.

— Avant de contacter vos employés pourriez-vous nous désigner le bureau de Monsieur de Cassasse ?

Notre brigade scientifique pourra ainsi procéder au contrôle de son ordinateur.

— Suivez-moi, Messieurs. Le voici.

— Je vais appeler notre équipe.

— Marylène, auriez-vous l'amabilité de conduire ces Messieurs à la salle de réunion ?

— Oui Monsieur. Désirez-vous un café ?

— Volontiers, déclarèrent les policiers.

La brigade financière contrôla de suite tous les fichiers de l'ordinateur de la victime et le disque dur.

Les policiers interrogèrent les 20 personnes qui avaient travaillé avec Pierre-Henri. Il en manquait trois qui étaient en congé. Tout le monde avait un alibi et personne n'avait de raisons valables pour souhaiter sa mort. Il fallut à peu près deux heures aux forces de l'ordre pour vérifier leur alibi.

— On n'a pas avancé d'un pouce, lança Julien, je suggère donc que l'on retourne au bureau car les premiers témoins du parti *LA FRANCE* et de ses amis vont arriver. On les a tous convoqués pour 17 heures. Ne t'affole pas Clovis, après avoir éliminé tous ceux qui sont innocents, nous découvrirons le mobile et l'assassin.

— Et personne ne sait se servir d'une arbalète, enfin, c'est ce qu'ils prétendent.

— Mince, mon portable, lança Julien.

— Oui ma chérie, non désolé je l'ignore. Je t'appellerai ce soir avant de renter. Très bien, je demanderai à Clovis.

— Ah, tu l'as entendu sur France Bleue Lorraine Nord. Effectivement, l'enquête ne se présente pas sous le meilleur des angles mais tu sais que nous ne jetons jamais l'éponge Clovis et moi. Et toi, comment avancent tes projets ? Très bien, heureux pour toi. Je te laisse ma chérie, à ce soir. Moi aussi je t'embrasse.

— C'était ta femme ?

— Oui, elle aimerait t'inviter à déjeuner chez nous, lundi soir ? Tu sais que l'on ne travaille pas dimanche. Si on était au FBI ou à la CIA ce serait différent.

— Oh, merci, bien volontiers, cela me changera un peu les idées. Effectivement c'est différent quand on travaille chez eux.

— Décidément, malheur à ceux qui ont inventé les portables.

— Bonjour Marion, alors quelles sont tes conclusions ?

— Si vous voulez bien noter, s'il-vous-plaît ?

— D'accord, je suis prêt, fit Morin, on aura besoin de ces informations pour interroger les témoins. Pourras-tu contacter la famille afin de l'aider pour l'enterrement, dès que tu auras terminé l'autopsie ? Merci !

— Oui c'est d'accord. Donc, la victime a été assassinée entre onze heures et minuit. Le marquis a d'abord été anesthésié à l'aide de barbituriques puis les deux tirs d'arbalète lui ont été fatals.

Une quinzaine de minutes plus tard, nos enquêteurs garèrent leur voiture sur le parking. Les premiers témoins arrivèrent.

— Nous allons commencer avec Madame et Monsieur Mathieu, s'il-vous-plaît !

— Bonjour, veuillez prendre place.

— Comment pouvons-nous vous aider Messieurs ?

— Avez-vous remarqué un changement chez la victime quelque temps avant sa mort ?

— Oui, j'avais constaté que Pierre-Henri était plus irrité que d'habitude. On se connaît depuis vingt ans et j'étais étonnée de le voir dans un tel état, affirma Louise. Normalement il était calme et réservé. Je lui ai donc posé quelques questions, ensuite, il m'a répondu qu'il était fatigué et que de vouloir être président de son parti politique *LA FRANCE* n'était pas de tout repos. Il n'a pas voulu en dire plus.

— Je confirme les dires de mon épouse, lança Gérard. On se demande bien qui a pu faire une chose pareille. Il faut vraiment être fou et s'y connaître pour assassiner quelqu'un à l'aide d'une arbalète. On ne saurait pas comment faire, je vous l'avoue. Quant à notre alibi, cela aurait dû être votre prochaine question, nous étions au cinéma hier soir, nous avons visionné *Le Diable s'habille en Prada»* avec Meryl Streep. A la sortie nous avons dîné et nous sommes arrivés à la maison aux environs de minuit et demi.

— C'est exact, fit son épouse.

— Nous allons vous prendre encore vos empreintes mais n'ayez pas peur c'est la routine ; c'est pour vous rayer de notre liste des suspects.

Après quelques minutes les Mathieu partirent.

— Je les vois mal assassiner le marquis, fit Clovis, ils n'ont pas de mobile.

— Nous irons aussi à la Société des Tirs de Nancy, peut-être pourront-ils nous aider ? J'avoue qu'une arbalète, comme arme de crime c'est assez rare et surprenant, lança Julien.

— Je te le concède.

— Voyons, ah nous allons interroger Madame de Marillac, l'assistante de la victime, suggéra Julien. Je suis curieux de savoir ce qu'elle a à nous révéler.

— Moi aussi, fit Clovis.

— Bonjour Madame de Marillac. Veuillez prendre place. Voulez-vous un verre d'eau ?

— Oui bien volontiers.

— Voici le sergent Durand, je suis le commissaire Morin. Nous avons appris par Madame de Cassasse que vous êtes passée chez Monsieur le marquis tard hier soir. Quelle en était la raison, si je puis me permettre ?

— C'est assez délicat. J'avais puisé 1000 Euros dans la caisse du parti. Je lui ai remboursé la moitié. J'ai ramené la quittance, la voici.

— Pourquoi avoir emprunté de l'argent, Madame ?

— Ma fille de 18 ans est atteinte d'une leucémie et son traitement coûte très cher. Tout n'est pas pris en charge par la sécurité sociale.

— Nous sommes désolés, répliqua Clovis.

— Pour la restitution du solde j'ai contacté Heloïse, elle est d'accord. Monsieur de Cassasse était un homme d'honneur, pour quelle raison l'aurais-je supprimé ?

— A quelle heure êtes vous rentrée chez vous hier, après avoir quitté la victime ?

— Il devait être 22 heures 15 à peu près. Je me suis couchée sans attendre. Ma fille était encore réveillée. Elle m'a vu. Ah, il y avait aussi Monsieur Masson, notre voisin qui promenait son chien, il pourra confirmer mes dires.

— Nous allons vérifier tout ceci, nous aurons encore besoin de votre ADN.

— Comment cela, je n'ai rien à me reprocher ?

— C'est un travail de routine qui consistera à vous rayer de la liste des suspects potentiels si vous nous avez dit toute la vérité.

— D'accord, je comprends, excusez-moi, je suis irritée depuis que j'ai appris la mort de Pierre-Henri. Encore une dernière chose Madame, avez-vous vu ou entendu quelque chose d'anormal chez Monsieur le marquis ?

— Non, je n'ai rien remarqué, désolée.

— Vous pouvez repartir Madame de Marillac, pourriez-vous dire à Madame Heloïse de Saint Jean de venir, s'il-vous-plaît, merci. Vous resterez à la disposition de la justice jusqu'à la fin de l'enquête.

— Entendu.

— Bonjour Madame de Saint Jean.

— Nos sincères condoléances quant au décès de Monsieur le marquis.

— Merci Messieurs. Je me demande surtout qui nourissait en lui une telle haine pour assassiner Pierre-Henri chez lui à la maison, c'est incompréhensible et avec une arbalète, c'est une méthode étrange pour supprimer quelqu'un.

— Je vous le concède Madame, ce moyen pour éliminer quelqu'un est assez rare, s'exclama Clovis.

— Pourriez-vous nous confirmer que Madame de Marillac est venue vous trouver pour l'emprunt ?

— Oui bien évidemment, elle a déjà remboursé la moitié. Je la plains de tout mon coeur pour ce qui lui arrive. Elle nous restituera le solde au fur et à mesure. Elle est la dernière personne à avoir vu Pierre-Henri vivant, quelle horreur.

— Ou étiez-vous cette nuit entre vingt deux heures et minuit.

— A la maison avec mon époux. Voici son numéro de portable, il pourra corroborer mes dires.

— Avez-vous remarqué quelque chose de suspect ou de bizare au parti ? Est-ce que Monsieur le marquis s'était disputé avec quelqu'un ?

— C'est vrai que j'avais entendu les bribes d'une conversation entre lui et Jean-Louis Archer. La discussion était montée d'un ton or je n'écoute pas aux portes, donc j'ignore de quoi il s'agissait. Pierre-Henri avait changé ces derniers temps, il était devenu irritable et nerveux ; quand je lui ai demandé ce qui le chagrinait il m'a simplement répondu qu'il était fatigué et qu'il devait réfléchir si oui ou non il voulait se faire élire comme président de *LA FRANCE*. Quand je l'ai prié de s'expliquer, il a ri et ensuite plus un mot. J'ai trouvé cela très étrange, sa motivation ayant disparue subitement, je ne voulais plus insister. Si seulement je l'avais fait, je m'en veux maintenant.

— Vous savez, rajouta Morin, si quelqu'un n'est pas prêt à vous avouer quelque chose, il ne le fera pas, même si vous insistez. Je ne pense pas que vous soyez fautive de quoi que ce soit. Nous vous remercions pour votre témoignage. Nous allons vous prendre encore votre ADN ; soyez sans crainte, c'est une procédure normale pour vous rayer de la liste des suspects.

— Puis-je partir maintenant ?

— Oui Madame de Saint Jean. Tenez-vous cependant à la disposition de la justice, si jamais nous avions encore des questions à vous poser. Merci ! Vous pourriez dire à Monsieur Archer de rentrer ?

— Bonjour Monsieur Archer. Nous regrettons ce qui c'est passé avec Monsieur le marquis.

— Oui moi aussi Messieurs, je suis choqué, je suis à votre disposition.

— Ou étiez-vous cette nuit entre 10 heures et ce matin ?

— Chez moi, dans mon lit. Je vous note le numéro de téléphone de mon épouse, elle pourra vous le certifier.

— C'est ce que nous allons faire, répondit Clovis.

— Comment puis-je vous aider ?

— Nous avons appris que vous vous étiez disputé avec Monsieur de Cassasse. Pourriez-vous nous dire à quel sujet s'il-vous-plaît ?

— C'est un sujet confidentiel qui est lié au parti, je ne puis vous en dire plus.

— Il n'y a pas de secret qui tienne en cas d'homicide. Nous pouvons, bien évidemment, demander à Madame la Procureure de signer un mandat de perquisition pour votre domicile privé si vous ne collaborez pas avec la justice. De toute façon, nos brigades vont ou sont déjà en train de faire des fouilles au sein de votre parti.

— D'accord, j'ai compris.

— J'ai couvert une entreprise qui déversait des déchets dans un bois du côté de Lunéville. J'avais reçu un dessous de table à ce sujet. Je suis aussi maire de Lunéville. Pierre-Henri a trouvé des documents compromettants et m'a prié de démissionner immédiatement. Tenez, voici une copie de la lettre que je lui avais remise hier après-midi. L'affaire s'est aussi ébruitée au Conseil Communal, donc, j'ai pris également les devants pour ce poste.

— Mais qui nous dit que Monsieur de Cassasse l'a eu en main ?

— Je suppose que votre brigade scientifique va la trouver, je vous jure sur la tête de mes enfants que je lui ai remis l'original.

— Tant que nous n'aurons pas trouvé ce document, vous serez notre suspect principal. Vous aviez un mobile de taille pour voir disparaître Monsieur le Marquis au plus vite.

— Tout m'accuse Messieurs, je jure cependant, que je suis innocent. Je n'ai pas supprimé Pierre-Henri. J'avais honte, croyez-moi. Mon ménage ne marche plus bien et je suppose que ma femme va bientôt demander le divorce. Au moins à ce sujet, elle aura raison. J'aurais dû y penser avant, je suis le seul responsable de mes actes et je regrette profondément de m'être laissé convaincre par l'appât du gain.

— Non seulement vous êtes suspecté de meurtre, Monsieur Archer, mais vous aurez aussi la Commission de l'Environnement sur le dos, sans parler des accusations pour des dessous de table. Vous séjournerez quelques années derrière les barreaux. Vous aurez besoin d'un bon avocat pour vous aider à réduire votre peine.

— Vous avez raison or je n'ai pas assassiné Pierre-Henri d'ailleurs je ne sais pas me servir d'une arbalète. Quel imbécile je suis.

— Nous allons vous prendre votre ADN, nous verrons alors si vous nous avez dit la vérité sur l'homicide.

— Je vous assure que je vous ai tout dit.

— Appelez votre femme et votre avocat, ensuite l'agent Meunier vous conduira en cellule.

— Je n'ai personne pour me défendre.

— D'accord, reprit Morin, il vous en sera commis un d'office.

Archer appela sa femme et fut mis en prison. Soudain on entendit frapper à la porte.

— Bonsoir ma chérie, mais que me vaut l'honneur de ta visite.

— Je vous ai ramené une soupe chaude et un sandwich.

— Merci Monique, vous êtes vraiment très gentille, fit Clovis.

— Je ne veux en aucun cas que les meilleurs enquêteurs de Nancy aient faim.

— Nous devons encore interroger un témoin avant de rentrer à la maison.

— Dépêchez-vous la soupe refroidit !

— A tout à l'heure ma chérie, bisous. Merci, tu es formidable.

— Ta femme est géniale et compréhensive, Julien. Elle nous remonte le moral, surtout à moi.

— Oui, heureusement, tu as raison. Bon, finissons-en lança Julien, et le dernier témoin pourra être interrogé.

— Bonsoir Monsieur Dupuis. Nos condoléances pour la mort de votre ami, Monsieur de Cassasse.

— Merci Messieurs, que puis-je faire pour vous assister à trouver le responsable de ce meurtre abject ?

— Où étiez-vous hier soir entre 22 heures et ce matin ?

— Pourquoi, me suspectez-vous de ce crime ? De toute façon, je ne peux pas me servir d'une arbalète.

— Nous allons vous prendre vos empreintes, si vous permettez, n'ayez crainte c'est pour vous rayer de la liste des suspects si vous nous avez dit la vérité. Donc, merci de nous fournir une réponse.

— Pour mon alibi j'étais à la maison. J'ai promené mon chien vers 22 heures 30.

— Avez-vous rencontré quelqu'un qui pourrait témoigner en votre faveur ? demanda Clovis.

— Oui, mes voisins, les Lemmer, ils rentraient du restaurant. Vers 23 heures, quand je suis monté dans l'ascenseur, j'ai vu maître Schwarz qui habite le même pallier que moi. Nous avons échangé quelques mots, c'est tout. Ils doivent être dans l'annuaire téléphonique si vous désirez les interroger.

— Merci. Dernière chose, étiez-vous au courant d'irrégularités au sein de votre parti politique ? Est-ce que Monsieur de Cassasse s'était fait des ennemis ?

— J'ai entendu Monsieur le marquis crier sur Monsieur Archer, hier après-midi. J'ai vu que ce dernier lui avait remis une lettre et était sorti. Archer avait le visage décomposé et pleurait. J'ignore cependant de quoi il s'agissait. Pierre-Henri avait changé les derniers temps, il était devenu plus sarcastique et un rien le faisait bondir. Il avait laissé entrevoir qu'il se désisterait et qu'il ne voulait plus être réélu comme président du parti. Il nous avait dit qu'il était déçu, qu'il en avait assez.

— Quand je lui ai demandé pourquoi, il m'a ri au nez en me soulignant que j'étais très naïf.

— Monsieur Dupuis, merci de signer votre déposition. Si nous avions besoin de renseignements, merci de vous tenir à notre disposition.

— Tout à fait Messieurs, trouvez-vite celui qui a assassiné Monsieur le marquis. Je ne lui en veux pas pour ses sautes d'humeur, il avait peut-être ses raisons.

— Au revoir Messieurs.

— Alors qu'en dis-tu, Julien ?

— Nous avançons à petits pas, ne t'inquiète pas. Je ne pense pas que le mobile du crime soit cet emprunt, dont pratiquement tout le monde était au courant, ni les frasques de Monsieur Archer. Je présume qu'il faudra creuser un peu plus dans la vie de la victime, sait-on jamais ce que l'on va trouver. Je vais appeler Madame la Procureure avant de rentrer.

Il était 20 h 30. Clovis ouvrit une bouteille d'eau et mangea un sandwich au jambon ; il contempla la photo de son épouse décédée quelques mois auparavant. De grosses larmes coulèrent le long de ses joues creuses. Il se ressaisit et mit une machine de linge en route. Heureusement qu'il avait pris une femme de ménage pour le repassage et l'entretien de son appartement. Comme celui-ci lui semblait vide ! Il s'assit devant le poste de télévision et s'assoupit. Soudain un coup de fil le fit sursauter, c'était son cousin de Nantes qui l'appellait. Il regarda sa montre, 21 heures 30. Le petit film avait débuté et Clovis n'avait plus envie de visionner la fin. Après une dizaine de minutes passées au téléphone, il mit son pyjama et se coucha. La journée avait été longue et les suivantes le seraient certainement aussi. Ils n'avaient pas découvert grand-chose, mais, peut-être que Morin avait raison, la vie privée du marquis devrait être prise au sérieux, elle cachait peut-être un secret. Il était impatient de savoir ce que la brigade scientifique allait leur annoncer le lendemain.

Morin arriva vers 20 heures à son domicile. Monique, son épouse lui avait préparé une assiette froide de jambon et de saucisson lorrain. Pitch leur spitz japonais lui fit la fête.

— Je l'ai sorti il y a cinq minutes.

— Je le ferai avant que l'on se couche, t'inquiète.

— Au fait, tu es un amour, tu nous remontes le moral à Clovis et à moi.

— Mais de rien mon mari. Si seulement je pouvais vous aider. Je suppose que vous travaillez demain, non ?

— Oui ma chérie, on ne peut rien te cacher.

— Et toi comment s'est passée ta journée ? Oh, à la mairie c'était assez mouvementé. J'ai organisé une réunion du conseil communal or pas tout le monde n'était du même avis, donc j'ai entendu quelques cris derrière les portes closes. Comme c'est la fin du mois bientôt, j'ai fait aussi pas mal de paiements à nos fournisseurs. Voilà.

— Qu'est-ce que l'on regarde à la télé ce soir ?

— Hum, il y a Munch, j'aime bien Isabelle Nanty.

— Moi aussi, je l'adore, rétorqua Morin.

Vers onze heures les époux se couchèrent. Pitch sauta sur la bordure du lit et ne bougea plus jusqu'au petit matin, content d'être auprès de ses maîtres.

Samedi matin à huit heures tapantes, les

enquêteurs étaient assis à leur bureau quand Eglantine rentra.

— Bonjour Eglantine, alors qu'as-tu découvert ?

— Malheureusement, nous n'avons pas retrouvé l'arme du crime. Nous avons vérifié tous les ordinateurs de la victime, tout semble en règle ; nous n'avons rien constaté d'anormal dans sa correspondance et nous avons trouvé la lettre de démission de Monsieur Archer que vous nous aviez demandé de rechercher. Pour ses comptes bancaires personnels, rien non plus. Cependant là où cela devient plus intéressant c'est dans l'ordinateur de son parti politique *La France*.

— Comment cela ? s'exclama Clovis.

— Nous avons encore beaucoup de documents à analyser cependant nous pensons que Monsieur de

Cassasse était peut-être un espion qui travaillait pour le gouvernement Israëlien.

— Quoi, reprit le commissaire, on aura tout vu ! On devra collaborer, si j'ai bien saisi, avec la DGSI et toutes ses commissions diverses, mon Dieu, on n'est pas sorti de l'auberge.

— Le marquis un espion ! J'ai l'impression de me retrouver dans un film avec James Bond alias Sean Connery.

— Sauf que pour votre enquête c'est du solide, répondit Eglantine. La victime avait effacé toutes traces sur son ordinateur mais, Estelle, Robert et moi-même avons réussi à restaurer la plupart des documents. C'est une bombe, je vous l'assure, en voilà une preuve. Ce document confirme qu'il était lié au Mossad et à un certain Ismaël Jacob.

— D'accord, répliqua Julien, c'était peut-être un espion, mais rien n'indique que c'est à cause de cette fonction qu'il a été assassiné. Je vous assure que je n'ai pas envie que cela soit étouffé et, comme je connais Madame La Procureure, ni elle, ni Madame le Commandant de Sevrac ne le désirent.

— Vous avez prononcé mon nom, que se passe-t-il ? fit Marylène. On vous entend crier jusque devant l'entrée.

— Il y a de quoi, j'allais venir vous trouver, rajouta Morin.

— Madame le Commandant, Eglantine et son équipe ont découvert que la victime travaillait avec le

Mossad, on ne connaît pas encore toute l'ampleur des renseignements qu'il a pu transmettre à Israël.

— On se croirait dans un film d'espionnage, je n'en crois pas mes oreilles. Vous savez que la DGSI doit être avertie ? Sachez que la coopération est notre devise. Je ne souhaite en aucun cas que cette affaire soit étouffée. Je suppose que Madame de Saint Pierre sera de mon avis.

— Oui, Madame, c'est ce que je viens de dire à notre équipe.

— Nous espérons que notre gouvernement nous laissera faire.

— Oh pour cela je compte sur Madame la Procureure ! Elle ne se laissera pas intimider. Elle est très convaincante !

— Que dit notre médecin légiste ?

— La victime a d'abord été anesthésiée avec des médicaments contenant de la benzodiazépine. Elle a dû les ingurgiter avec de l'alcool. Il en restait dans son estomac.

— Donc, lança Marylène, il a bu ce cocktail après le départ de Madame de Marillac, aux alentours de 22 heures.

— Oui c'est bien cela !

— Avec tout ce remue ménage, sa femme dormait, c'est étonnant, mais possible, fit Morin.

— La première flèche qui a été tirée était mortelle. Le tueur s'est acharné sur lui car, il n'était plus nécessaire de lui en tirer une deuxième dans son thorax. Je suppose que de Cassasse devait connaître son meurtrier car il ne s'est pas méfié ; n'oublions pas que la porte d'entrée n'a pas été fracturée, c'est étrange. A part cela, je n'ai rien d'autre à ajouter.

— Je me charge d'avertir Madame La Procureure, elle avisera. Au fait, bon travail Eglantine. Félicitations à vous toutes et tous.

Un quart d'heure plus tard, la magistrate, Garance de Saint Pierre était sur place.

— Bonjour mon Commandant, Mesdames, Messieurs. Dites-donc, c'est du lourd que vous avez déterré, si je puis me permettre l'expression.

— Voici une des preuves, répondit Eglantine. Pour l'instant on ne connaît pas encore l'objet du contact avec le Mossad.

— Merci Eglantine, je suis fière de vous et de votre équipe. Bon travail. Je n'en crois pas mes yeux, de Cassasse lié à de l'espionnage, nous devrons trouver la cause de cette affaire ? J'ai un pressentiment or je préfère attendre vos conclusions. Il faudra approfondir, Eglantine.

— Nous sommes en train de le faire, Madame.

— Merci.

— J'ai également contacté le Directeur de la DGSI, Monsieur Paul Lanzac. Il nous envoi deux agents de terrain, ce sont des soldats bien entraînés, pas de personnel du secteur privé. Vous savez que la DGSI se compose non seulement de militaires mais aussi d'autres éléments. Ces spécialistes contrôlent certaines opérations du Mossad. Ils sauront exactement ce qu'il faudra faire pour intercepter toute menace d'une cyberattaque ou autre piratage. Sachez qu'Israël n'a pas toujours aimé que la France soutienne la Palestine à cause des colonies illégales construites par eux, ceci pour expliquer cela. Néanmoins, nous avons de bonnes relations avec ce pays, je me permets d'insister sur ce fait. Ils seront là dans deux heures, je suppose. Merci de collaborer avec eux. Je sais que ce n'est pas toujours évident entre la police et l'armée cependant, si nous voulons élucider ce meurtre, leur aide nous sera très précieuse. Et qui sait, ils étaient peut-être déjà infiltrés dans le Mossad ? Tout est possible. Je compte sur vous.

— Oui Madame la Procureure, nous ferons tout notre possible et nous nous abstiendrons de tout avis politique ou personnel, répondit Morin.

— Oui, c'est ce que j'attends de vous tous. Nous devons élucider un meutre et c'est tout.

— Je ne veux pas être pessimiste, s'exclama Clovis, mais ce n'est pas dit que cette histoire d'espionnage soit la vraie raison de cet homicide.

— Bien sûr Messieurs, restons objectifs. Les raisons sont nombreuses.

— Voilà, il ne me reste plus qu'à vous souhaiter bonne chance. Tenez moi au courant. Merci !

— Mes hommes vous informeront du moindre changement, garanti de Sevrac.

— Au revoir Madame la Procureure.

— Eglantine, vous annulez tout ce qui est en cours ; vous, Estelle et Robert vous ne travaillerez que là dessus.

— Et s'il y avait un autre meurtre, que doit-on faire ?

— Je demanderai des renforts à la brigade de Metz, ne vous souciez pas de cela, c'est mon problème, Eglantine.

— Elle est bonne celle-là, s'exclama Clovis, la victime s'était offusquée sur Archer or elle avait encore beaucoup plus à se repprocher !

— Oui effectivement, fit Marylène.

— Mon commandant, nous devrons aussi aller visiter le stand de tir de Nancy ; il se pourrait que nous y trouvions un des témoins qui est lié à l'enquête. Nous avons déjà pris rendez-vous pour aujourd'hui.

— Parfait, encore une fois, focalisez-vous sur plusieurs causes possibles, on ne peut pas arrêter tous les sportifs qui participent à ces entraînements. Emmenez les flèches et montrez-les leur, sait-on jamais. Je suis certaine que vous trouverez le vrai mobile du crime.

— Mesdames, Messieurs, je vous souhaite bonne chance.

Les enquêteurs enfilèrent leur veste et se dirigèrent vers le club de tir.

— Bonjour Messieurs, que puis-je faire pour vous. Je suis Dorian Robert, le président du club.

— Nous devons élucider un meurtre. Le marquis de Cassasse a été supprimé à l'aide d'une arbalète. Voici deux flèches qui se trouvaient dans le corps du défunt. Pouvez-vous nous dire si elles sont utilisées dans votre club ?

— Mon Dieu quelle mort affreuse ! Je ne la souhaite pas à mon pire ennemi. Non, nous n'utilisons pas ce genre de flèches, désolé, je ne puis vous aider.

— Est-ce du matériel militaire à votre avis ?

— Cela se pourrait évidemment, mais j'ignore quel matériel l'armée utilise, je suis navré. Il me semble néanmoins qu'il ait été utilisé par la légion étrangère. Il faudrait vous renseigner chez eux de préférence.

— Très bien, merci. Nous allons vous montrer quelques photos, si vous reconnaissez quelqu'un, merci de nous désigner la personne.

— Bien sûr, allez-y !

— Non, désolé je ne reconnais aucun individu sur les photos que vous m'avez montré. Je regrette de ne pas vous avoir été utile pour identifier qui que ce soit.

— Merci quand même Monsieur Robert. Je vous laisse ma carte, si jamais vous avez une idée, elle est la bienvenue.

— Au revoir Messieurs.

— Viens Clovis, rentrons au bureau, nous attendrons la venue de nos deux agents puis nous continuerons avec eux.

— Je pense qu'il serait utile de se renseigner plus amplement sur ce Diligent, le sous-directeur de la *French Investment Company,* dit Morin.

— Oui, je suis de ton avis. Est-ce qu'il nous a dit toute la vérité sur la victime ?

— Je l'ignore.

— Il y a également son épouse, et si elle nous avait menti ?

— Tout est possible, s'exclama Julien.

— La cantine est fermée aujourd'hui, lança Clovis.

— Pas grave, j'en avais discuté avec le commandant, elle va réserver chez *Maria*.

— Bonjour, agent Rachel Weismann, c'est bien cela, dit le sergent.

— Oui, nous venons d'arriver, Madame le commandant de Sevrac et vos collègues nous ont dit d'attendre.

— Voici le commissaire Morin, je suis son collègue, le sergent Durand.

— Bonjour, agent Marc Sternberg. Bienvenu parmi nous.

— Pourrions nous faire un briefing rapidement ? proposa Rachel.

— Oui, veuillez nous suivre, nous vous invitons à un déjeuner à côté, indiqua le commandant.

— Merci, c'est très aimable.

— Puis-je vous présenter nos collègues, Marion Hubert, médecin-légiste, Eglantine Brignon, brigade financière, Estelle Dupont et Robert Müller de la brigade scientifique. Ce sont eux qui ont découvert des documents compromettants sur Monsieur le marquis Pierre-Henri de Cassasse. Il s'agit d'un courrier que la victime a adressé à un certain Ismaël Jacob du Mossad. Pour l'instant, notre équipe essaie de reconstituer toute la correspondance et de trouver la raison de cet envoi.

— Voici la lettre en question.

— Hum, fit Rachel, nous connaissons cet individu. Il s'agit d'un virement qui est encore en suspens.

— Est-il dangereux ? demanda Clovis.

— Je ne le pense pas or, c'est un excellent comptable du Mossad. Lui et son équipe gèrent les transactions financières en plus des comptes de l'organisation. Il a financé les renseignements du marquis de Cassasse. J'ai lu dans le rapport que Madame le Commandant de Saint Pierre nous a envoyé, que la victime était directeur de la *French Investment Company.*

— Oui c'est exact, rajouta Morin.

— Avez-vous trouvé des irrégularités dans les opérations de cette société ? demanda Sternberg.

— Nous avons analysé les comptes, répondit Eglantine, à première vue, nous n'avons rien constaté de suspect.

— Il faudra se replonger une nouvelle fois dans les bilans et ses annexes, ses investissements, ses dépenses. Parfois, on trouve de belles surprises bien camouflées à l'intérieur. Un nouveau produit financier qui sait ?

— D'accord Madame, ce sera fait.

— Appelez-moi Rachel, Eglantine, d'accord ?

— Oui volontiers Rachel.

— Pouvez-vous nous montrer les deux flèches, s'il-vous-plaît, demanda Marc.

— Ce sont des flèches qui sont utilisées par les militaires, cela ne fait aucun doute.

— C'est ce que le responsable du stand de tir nous a dit aussi et il pense que nous devrons nous renseigner à la légion étrangère.

— C'est du matériel ancien, c'est curieux, fit Sternberg.

— Nous avions prévu de réinterroger une nouvelle fois, le sous-directeur de la société. Or, nous allons attendre ce que mon équipe pourrait découvrir à son sujet, conseilla Morin.

— Bonne idée, qu'en est-il de la famille du marquis? D'après ce que j'ai appris dans le rapport, il a une femme et un fils.

— Sa femme Iris dormait au moment des faits, enfin, c'est ce qu'elle a prétendu quand nous l'avons interrogée. Le fils n'a rien entendu non plus. Le marquis avait reçu la visite de Madame Marillac, son assistante du parti politique *LA FRANCE,* qui lui avait ramené 500 Euros, la moitié de la somme qu'elle avait empruntée pour faire soigner sa fille qui souffre d'une leucémie.

— Avez-vous fait analyser les appels téléphoniques de la victime ? reprit Rachel.

— Oui, répondit Estelle, nous sommes en train de travailler dessus, nous avons priorisé tout d'abord l'ordinateur de Monsieur de Cassasse et les bilans de son entreprise, et, en dernier lieu, son compte personnel. Ils est fabuleux ! Par contre ce denier était à son nom, son épouse n'en savait rien. Ce qui est surprenant, c'est que chaque mois, il virait 2000 Euros sur un compte offshore non nominatif. Les virements se sont arrêtés il y a de cela six mois. Nous essayons de découvrir le destinataire.

— Hum, fit Clovis, qui sait, il menait peut-être une double vie, il faudra que l'on analyse cela aussi.

— Voilà, nous allons nous arrêter là pour l'instant, proposa le Commandant. Allons déjeuner, c'est la maison qui régale.

— Merci Madame, firent les participants.

Toute l'équipe rentra chez *Maria*.

— Est-ce que vous savez où nous pourrons loger, Madame de Sevrac, car hélas, nous n'avons pas pu nous occuper d'une réservation d'hôtel ?

— Je vais m'en charger dès que nous aurons terminé ; je pense qu'un *Ibis Styles* fera l'affaire.

— Merci beaucoup, Madame.

— Avec plaisir, merci de nous aider sur cette affaire.

La Pizzeria était joliment décorée. De petites tables drapées de nappes blanches avec au milieu une rose laissait deviner l'endroit ! Des photos en noir et blanc de Sophia Loren, Vittorio de Sicca, Gina Lolobigida et Claudia Cardinale décoraient les murs.

Une odeur de sauce tomate se répandait à l'intérieur de la salle. Le pizzaiolo les salua poliment.

— Oh quel bel endroit, fit Sternberg.

— Voici la carte, vous pouvez la faire passer, fit Morin.

— Mesdames, Messieurs, avez-vous choisi ?

— Oui, on y va pour la commande.

Soudain le portable de Morin sonna.

— Oui ils sont arrivés, nous sommes à la Pizzeria *MARIA,* vous pouvez vous joindre à nous si vous le souhaitez. Très bien, nous vous attendons.

— Madame la Procureure veut nous parler, elle va nous rejoindre. Le Palais de Justice n'est qu'à cinq minutes d'ici.

— Vous avez de bonnes relations avec la magistrate, remarqua Rachel.

— Oui, c'est une femme d'honneur, tout comme notre commandant. Elles ne lâcheront jamais l'affaire.

— Merci pour les fleurs, Morin, s'exclama Marylène, je n'en demandais pas autant. Elle lui fit un clien d'oeil.

Dix minutes plus tard, Madame de Saint Pierre était attablée.

— Je viens de contacter la première ministre après mon départ du commissariat. Elle nous donne carte blanche mais attention, nous devrons y mettre les formes. Le Mossad a également des ambassadeurs qui travaillent pour lui en France, donc c'est un terrain miné. Cependant comme nous avons deux spécialistes de la DGSI, rien ne pourra plus nous arrêter. J'ai dit à Madame Bonnet que jamais nous ne capitulerons.

— Merci, c'est tout à votre honneur, fit Clovis. Elle vient d'être élue à la tête du gouvernement, je suppose qu'elle n'a pas intérêt à s'y opposer.

— Avez-vous briefé nos agents ?

— Oui Madame la Procureure, ils nous ont mis au courant, répliqua Marc Sternberg.

— Vous savez donc que de Cassasse était payé pour divulguer des secrets au Mossad. Je suppose que c'était lié à la *French Investment Company* ?

— Nous avons des soupçons, répondit Eglantine or, tous les documents doivent encore être récupérés sur le disque dur. En effet, il se faisait payer grassement.

— C'est une piste qu'il faudra suivre. Imaginons juste une minute que ce sous-directeur, Jacques Diligent avait eu vent de cette histoire et qu'il voulait se venger ?

— Nous avons vérifié au stand de tir de Nancy en montrant des photos au responsable, il n'a reconnu personne ; il nous a néanmoins suggéré de contacter la légion étrangère car, les deux flèches de l'arbalète pourraient bien provenir de chez eux. Cela a été confirmé par Rachel et Marc.

— Très bien, continuez tous sur cette lancée.

— Ah, Estelle et Robert, rajouta Marylène, essayez de découvrir qui était l'heureux ou l'heureuse destinataire de ce compte offshore.

— Ce sera fait, Madame le Commandant.

— Merci !

— Monsieur c'est moi qui vais régler l'addition, fit la magistrate en s'adressant au serveur. Merci de me préparer la note.

— Merci Madame, s'écria toute l'équipe.

— Avec plaisir, trouvez le mobile de l'homicide, vous trouverez l'assassin.. Bon dimanche à vous !

— Nous pensons qu'il y a plusieurs pistes, à nous de supprimer la mauvaise, annonça Marylène.

— Bon dimanche, Madame la Procureure.

Deux heures plus tard, tout le monde était de retour. De Sevrac s'occupa de la réservation pour les deux agents.

— Il faudrait retourner chez ce sous-directeur, conseilla Rachel, il ne vous a certainement pas tout dit.

— D'accord, fit Morin, mais sous quel prétexte ? Sans preuves on ne peut rien faire. On ne vas pas en fabriquer quand même !?

— Ahahaha, fit Clovis, excusez-moi, mais laissez au moins Eglantine ainsi que son équipe terminer ce qu'ils ont découvert, et, s'il s'avère que ce Diligent est impliqué, nous irons le trouver. Nous avons aussi son adresse personnelle, soyez rassurée.

— Très bien, s'excusa l'agent de la DGSI. C'est vrai, en plus ! Je manque de patience. Elle rougit.

— Cela viendra, fit la commandant. Depuis combien de temps travaillez-vous ensemble tous les deux ?

— J'y travaille depuis un an, répondit la jeune femme.

— Et vous Monsieur Sternberg ?

— J'y suis depuis trois ans. Nous connaissons très bien le fonctionnement du Mossad.

— C'est tout à votre honneur, reprit Morin.

— Ah ! au fait, j'ai réservé deux chambres pour vous à l'*IBIS STYLES,* place Stanislas. Vous verrez, c'est au centre ville, ce n'est pas très loin d'ici, expliqua Marylène. Vous pourrez y aller à pied. Voici la confirmation.

— Je connais un peu Nancy, fit remarquer Marc, ma grand-mère y a vécu. Elle est décédée il y a trois ans.

— Je vais voir ce qu' Eglantine et son équipe ont découvert au sujet du motif de la collaboration de la victime avec les renseignements israéliens.

Quelques minutes plus tard, elle rentra dans la pièce, le sourire aux lèvres.

— Je pense que nous avons trouvé une preuve, dit la commandant. De Cassasse avait travaillé sur un nouveau projet de paiement au sein de son entreprise. J'ignore cependant pourquoi il a vendu ce dossier au Mossad ?

— Oh, ils sont très intéressés, friands de nouveaux brevets et de nouvelles techniques, dit Rachel. Ils veulent être au top mondial de la technologie.

— Nous sommes tous les deux d'origine Juive comme vous avez pu le constater. J'ai travaillé sous couverture au Mossad, rajouta Marc. Ce n'était pas facile, mais j'ai appris à mieux les connaître. Vous savez il y a de bons et de mauvais éléments partout sur terre.

— Je n'étais pas encore à la DGSI à l'époque, mais cela viendra, j'ai hâte d'y aller aussi. Je veux aussi servir mon pays qui est la France ! Bon, vous avez donc un indice pour aller rendre visite à ce sous directeur de la *French Investment Company*. Je suis curieuse de savoir s'il était au courant de la trahison de son patron ? conclua Rachel.

— Nous aussi, répliquèrent les enquêteurs.

— Allô, Monsieur Diligent, nous allons passer à votre bureau, dit Morin. Bien vous êtes au bureau.

— Allez, tout le monde en voiture, on y va.

Une quinzaine de minutes plus tard, les policiers se trouvèrent à nouveau dans les locaux de la société.

— Que se passe-t-il pour que vous veniez me revoir ? demanda nerveusement Jacques.

— Je vous présente nos collègues de la DGSI, Madame Weismann et Monsieur Sternberg.

— Nous avons des preuves que Monsieur le Marquis travaillait avec le Mossad.

— Quoi, mais ce sont les services secrets Israéliens ? Je ne comprends pas. Qu'est-ce qu'il pouvait bien trafiquer avec eux ?

— Il voulait leur vendre un brevet sur un nouveau système de versement.

— Je reste sans voix, de Cassasse un traître, un espion au service du Mossad ? Je n'en reviens pas. Effectivement, nous avons inventé un nouveau système de paiement très sophistiqué par contre, je ne comprends pas que le marquis l'ai révélé à Israël. Est-ce qu'il avait besoin d'argent ? Je l'ignore. Si c'était le cas, il aurait pu venir m'en parler. Je vous assure que je n'étais pas au courant et croyez-moi je ne l'aurai certainement pas assassiné pour cette histoire d'espionnage. La seule chose que j'aurai faite c'est le licencier.

— Il avait peut-être un complice au sein de votre entreprise, questionna Rachel ?

— Vous avez raison, répliqua Diligent.

— Cela reste une hypothèse seulement, fit Morin.

— Encore une chose, reprit Durand.

— Qu'avait ce système de particulier pour que le Mossad s'y intéresse ?

— Ce prototype est une innovation en la matière. Rien à voir avec le SWIFT par exemple. On peut suivre à la trace tous les comptes et sous-comptes en cas de règlements suspects.

— Ah je vois, fit Sternberg. Le Mossad pourrait contrôler des paiements d'armes par exemple et bien d'autres choses comme le blanchiment d'argent.

— Oui c'est une éventualité, répliqua Diligent.

— Je ne comprends toujours pas comment personne ne s'est rendu compte de cela, rajouta Rachel.

— C'est un mystère pour moi aussi, s'étonna Diligent. Nous devrons travailler dur pour modifier notre invention.

— Vous pourrez aussi porter plainte pour vol de brevet, dit Durand. Si vous le souhaitez, nos spécialistes pourraient prendre contact avec l'ambassadeur d'Israël ? Madame la Procureure va certainement s'adresser à notre Première Ministre qui contactera l'Ambassade d'Israël. Je suis certain que cela va s'arranger.

— Merci pour votre aide. C'est un préjudice énorme. Je vais appeler notre avocat tout à l'heure et il réglera cela avec vos services.

— Bien entendu ! Voici le numéro de téléphone de Madame de Sevrac, notre commandant. Vous verrez cela avec elle.

— Avant que je n'oublie, la victime avait fait des transferts réguliers sur des compte offshore anonymes numérotés. Est-ce que votre système serait à même de nous trouver le destinataire de ces virements ? Cela nous aiderait énormément.

— Oui, vous nous remettez les paiements et nous allons essayer de vous soutenir.

— C'est très aimable.

— Tenez, voici les documents, fit Eglantine.

— Pourrions-nous nous entretenir avec les collègues de la victime qui étaient absents ? demanda le commissaire.

— Bien évidemment, je vais les appeler, ils travaillent aujourd'hui comme vous pouvez le constater, nous serons débordés encore longtemps. Nous les avons rappelés de leurs lieux de vacances.

— Vous prendrez bien un café ?

— Oui bien sûr !

— Clémence, auriez-vous l'amabilité de nous amener quatre cafés dans la salle de conférence ?

— Oui Monsieur le Directeur.

— Entrez Messieurs Dames, donc voici :

- Valentine Müller, sa secrétaire

- Christophe Jansen, son assistant

- Hubert Schmitt, notre comptable

— Merci Madame, Messieurs, pour votre aide. Voici, mes collègues : Rachel Weissmann et Ismaël Jacob de la DGSI, nos collègues de la brigade de Nançy, Eglantine Brignon, Estelle Dupont et Robert Müller ainsi que le sergent Clovis Durand. Je suis Julien Morin.

— Comment pouvons-nous vous aider, demanda Jansen ?

— Nous ne comprenons pas comment ce projet très ambitieux ait été vendu à votre insu au Mossad !?

— Moi non plus, répondit Jacques.

— Je suis choqué, reprit Hubert, nous avons dépensé beaucoup d'argent pour ce projet. Je me demande pour quelle raison Monsieur de Casasse a fait cela ?

— Nous aussi, répondit le commissaire. Nous devrons analyser tous les ordinateurs de votre personnel.

— Bien entendu, je n'y vois aucune objection.

— Estelle et Robert, allez-y. J'ai appelé le Général Frédérique de Chambord avant de partir. Il nous attend.

— Qui est-ce ? demanda Clovis.

— Il est le responsable de la Légion Etrangère du Grand Est.

— Nous allons vous accompagner si vous le permettez ? fit timidement Rachel.

— Bien sûr, la DGSI et nous, devons collaborer donc vous venez avec nous, pas de soucis, commenta Clovis.

Dix minutes plus tard, nos enquêteurs se trouvèrent face à face avec un homme d'une cinquantaine d'années. Son uniforme brun clair lui allait comme un gant. Il portait une barbe grise et ses yeux d'un bleu clair étaient pétillants et reflètaient la gentillesse. Après avoir fait les présentations Morin lui demanda :

— Monsieur le Général nous aurions besoin de vos compétences?

— Bien sûr, dites-moi vous m'avez parlé d'un homicide au téléphone.

— Nous vous avons ramené les deux flèches d'arbalète qu'a utilisé le meurtrier pour supprimer sa victime. Nous pensons que la légion étrangère se sert de cet objet.

— Hum, cette arme a été utilisée dans les années 2000 jusqu'en 2004. Nous ne l'employons plus. Il ne faut pas croire cependant que cette arbalète ne sers plus du tout. Dans certaines régions du monde, nous l'utilisons encore quand il est très difficile de ne pas s'approcher de trop près de notre cible et que les tirs doivent rester silencieux.

— Merci, pourrions-nous avoir une liste de vos membres pour ces années ? Si vous le souhaitez, je pourrai vous présenter un mandat de perquisition.

— On dit toujours que la police et l'armée ne s'entendent pas, répliqua de Chambord, je ne suis pas de cet avis. Vous aurez tous les dossiers à votre disposition dans notre salle de réunion. Je dirai à mon personnel de vous les amener. Hors de question de couvrir un meurtrier s'il s'avère qui faisait partie de nos adhérents.

— Vous prendrez bien un café ?

— Oui, merci, s'exclamèrent les enquêteurs.

— Ma secrétaire vous servira aussi une petite agape, il est 18 heures et je pense que vous commencez à avoir faim, non ?

— C'est très aimable, Monsieur le Général, fit Julien. Merci beaucoup

— Voilà les dossiers.

Soudain le portable de Morin se mit à sonner.

— Oui Madame la Procureure ? Nous nous trouvons dans les locaux de la légion étrangère.

— Bien, vous m'en aviez parlé, fit la magistrate.

— Le Général de Chambord nous a dit, qu'effectivement, ce genre d'arme avait été utilisée entre 2000 et 2004. Nous sommes de ce fait obligés de consulter le listing de la société qui avait livré ces armes pour vérifier quels étaient les affiliés de l'époque. J'espère que nous trouverons un lien ou un motif liés à l'enquête.

— D'accord, je vous laisse travailler, tenez – moi au courant, merci ! Ah, encore une chose, la première ministre a pris contact avec l'Ambassade d'Israël. Je pense que le responsable du Mossad va être convoqué et cette histoire va bien se terminer. Je ne crois pas que ce dernier veuille ternir les aspects économiques et financiers avec la France ou l'Europe. Israël aurait tout à perdre. Madame de Sevrac est au courant, je viens de l'appeler.

— Enfin une bonne nouvelle. Monsieur Diligent et ses collaborateurs vont modifier leur projet et sortiront un nouveau système de paiement. L'ancien projet devient donc caduque. Leur avocat se présentera dans nos bureaux pour régler les détails. D'ailleurs, je me suis permis de lui remettre la liste des virements que de Cassasse avait fait sur des comptes offshore. Nous vous informerons dès que nous aurons une nouvelle piste.

— Bonne idée, là je vous reconnais Morin. Vous pouvez m'appeler à n'importe quelle heure. Remerciez toute l'équipe de ma part, je reste positive. Vous vous rapprochez du but.

— Encore ! ah ce portable, oh c'est mon épouse !

— Oui Monique, désolé je l'ignore. Nous sommes à la direction de la légion étrangère pour l'instant et avons tout un tas de documents à éplucher. Ne m'attendez pas pour dîner ce soir. Je sens que le meurtre va bientôt être résolu. Tu choisiras le restaurant pour demain soir pas de soucis, je m'incline. Je t'embrasse.

— Bon, je me remets en route. Dites-moi Général, vous aviez beaucoup d'abonnés à l'époque ?

— Oui, à peu près 300 c'est beaucoup pour le Grand Est. De nos jours nous n'en comptons que 100.

30 minutes s'écoulèrent.

— Alors, avez-vous trouvé des noms de personnes qui sont cités comme témoins dans ce listing ?

— Non pas pour l'instant, fit Clovis.

— Nous non plus, annoncèrent les enquêteurs.

— Bien on va s'arrêter un moment et manger un morceau. Je vois qu'il est 19 heures et mon estomac commence à me le faire sentir !

— J'ai la sensation que l'on va trouver notre coupable ce soir, s'enthousiasma Rachel.

— Je l'espère aussi, rétorqua Clovis.

— Eh oui, je crois que j'ai trouvé une piste, s'écria Morin. Devinez qui était sur cette liste, 3 témoins que nous connaissons très bien.

— Dis-nous, lança Marc.

— Alors de Cassasse et son épouse étaient bien membres au stand de tir à l'époque et devinez qui l'était aussi ?

— Marguerite de Marillac !

— Un trio bien rôdé qui sait, s'exclama Rachel en plaisantant.

— Donc, ces trois personnes se connaissaient depuis longtemps. Notre équipe scientifique n'a pas retrouvé l'arme du crime, pourtant ils ont fouillé le domicile du marquis et de sa famille, rajouta Morin.

— Oh, que ces personnes soient amis, c'est une chose, par contre, prouver que la victime a été assassinée par l'un deux ce sera plus difficile. Mince mon portable.

— Ah, Monsieur Diligent, merci du coup de fil.

— Quoi ! les virements étaient pour Marguerite, elle était peut-être sa maîtresse, à nous de le découvrir. Merci pour cette information très utile. Je vous souhaite bonne chance avec votre nouveau projet ! Nous reviendrons récupérer les documents. Au revoir.

— Nous t'écoutons, fit Clovis.

— Donc, Monsieur Diligent m'a confirmé que les paiements du défunt étaient destinés à Madame de Marillac. Elle, de Cassasse et son épouse étaient listés dans les archives de la Légion étrangère qui est responsable de la gestion de ce genre d'armes. Son assistante était certainement sa maîtresse cependant, les six derniers mois Pierre-Henri ne lui faisait plus aucun virement. C'est bizarre. Que s'est-il passé ce soir là ? Le mobile serait-il une crise de jalousie ? Je propose d'aller perquisitionner une nouvelle fois la demeure de son épouse. Nous devons absolument retrouver cette arbalète. J'ai l'impression que les faits ne se sont pas déroulés exactement comme Iris nous les a décrits. Il faudra qu'on questionne aussi une fois de plus Marguerite de Marillac. Je sens que nous nous rapprochons de la fin de l'enquête.

— On fait un saut chez les de Cassasse ? demanda Rachel.

— Oui, sur le champ, j'appelle Madame la Procureure pour un nouveau mandat or, nous devons d'abord questionner l'éventuelle suspecte.

— Je m'en charge, fit Clovis. Appelle-la, je vais la chercher, ce n'est pas très loin. Je vous attendrai devant leur demeure.

Toute l'équipe se mit en route.

— Quelle heure est-il, demanda Morin.

— Vingt heures !

— Merci.

— Madame de Marillac pouvons-nous vous parler un instant ?

— Bien sûr mais je vous ai tout dit, fit-elle nerveusement.

— Non pas tout. Vous receviez tous les mois 2.000 Euros de la part de Monsieur de Cassasse, pourquoi ?

— Parce que ma fille, c'est aussi la sienne. J'avais une liaison avec lui. Après sa naissance, nous avons arrêté de nous voir.

— Est-ce que Madame de Cassasse était au courant de votre liaison ?

— Oui, elle l'était, et croyez-moi elle ne m'aimait pas vraiment.

— Le soir où j'ai rendu l'argent emprunté, elle était comme une furie. Elle a traité son époux de «double traître». Après cela je suis partie. Je n'ai pas compris pourquoi cette expression «double traître» !

— Nous avons aussi découvert que vous avez essayé de rappeler la victime après votre départ.

— Oui, il était tout bizarre quand je suis sortie.

— Est-ce que son épouse vous a servi à boire ?

— Non, je n'ai rien bu, son mari oui. Pendant notre conversation il s'est senti mal et fatigué puis après le scandale quelle a fait, je suis partie. Je ne voulais rien vous dire, j'avais honte.

— Pourquoi les virements avaient cessé il y a six mois ?

— Tout simplement parce que ma fille a 18 ans maintenant. Il me donnait toujours un peu de cash car il savait que notre enfant était très malade.

— Vous savez, cela s'appelle «obstruction à une enquête en cours», cela aurait pu vous coûter cher. Nous allons fermer les yeux pour une fois, rajouta Morin.

— Veuillez m'excuser !

— Vous viendrez demain matin signer un rectificatif, disons 10 heures ?

— Oui bien sûr, Monsieur le Commissaire.

Dix minutes plus tard, nos enquêteurs se trouvaient devant la maison des de Cassasse.

— Je me demande comment tu vas faire pour qu'elle avoue, si c'et bien elle ? fit Clovis

— Sois rassuré, nous allons une fois de plus remuer ciel et terre nous trouverons l'arme du crime, répondit Estelle.

— Bonsoir, encore vous, décidément, je n'ai plus une minute à moi.

— Madame de Cassasse, vous saviez que votre conjoint avait eu une liaison avec Madame de Marillac, n'est-ce pas ?

— Oui et alors, en quoi cela change le cours de votre enquête ?

— Vous aviez un mobile pour supprimer votre époux.

— Vous rigolez, c'est une ancienne histoire, j'ai oublié.

— Ah je ne pense pas, s'énerva Clovis.

— Vous étiez au courant que votre mari versait chaque mois 2.000 Euros à son ancienne maîtresse avec laquelle il a eu un enfant, ne niez pas !

— Oui j'étais au courant , cela ne fait pas de moi une meurtrière.

— Le soir de l'homicide vous l'avez traité de «double traître», pourquoi ?

— Cela ne vous regarde pas, c'était personnel.

— Attention, mon équipe est en train de refouiller votre maison, si jamais on retrouve l'arme du crime, vous serez inculpée de meurtre, c'est clair. Inutile de nous prendre de haut, nous savons.

— Je vais appeler mon avocate, maître Dumont du barreau de Nançy.

— Faites Madame, je vous en prie.

— Nous avons retrouvé l'arbalète, s'écria Robert. Elle était enveloppée dans une couverture cachée dans le garage sous une trappe. Nous ne l'avions pas vu la première fois. Nous avons analysé les traces d'ADN, elles correspondent à celles de Madame la marquise. Dans la valisette à côté, il manque deux flèches, celles qui s'y trouvent sont identiques à celles de la scène de crime.

— Et alors, c'est une vieille arbalète dont je ne me sers plus. C'est évident que mon ADN s'y trouve.

— Pourtant vous trois étiez inscrits sur la liste de la légion étrangère. Arrêtez voulez-vous !

— Je ne dirai plus rien sans avoir consulté mon avocate.

Quinze minutes plus tard, maître Dumont sonna à la porte d'entrée.

— Bonjour, pourrais-je m'entretenir avec ma cliente ?

— Bien sûr, fit Clovis, allez-y.

Un quart d'heure s'écoula.

— J'ai parlé à Madame de Cassasse et elle veut collaborer avec la justice.

— Sage décision, alors dites-nous tout, Madame la marquise.

— J'ai retrouvé des documents chez mon conjoint qui confirmaient qu'il avait vendu des informations au Mossad. Vous vous rendez compte ! Il a saboté sa propre entreprise et les projets de celle-ci. Je n'ai pas assassiné mon époux à cause d'une stupide histoire de coeur. Il avait certainement besoin d'argent pour financer le traitement de sa fille et subvenir à ses propres besoins. J'ai même pitié de Marguerite.

— Je lui ai servi à boire et quand il était endormi je l'ai achevé, c'est tout ce qu'il méritait. Trahir tout le monde de cette façon, c'est abject. Moi aussi j'ai mes parts dans son entreprise. Heureusement que Monsieur Diligent est honnête, il dirigera la société avec sérieux.

— Vous lui en aviez parlé ?

— Non, il n'était pas au courant. J'avais découvert les documents incriminant mon mari la veille par hasard.

— Madame, vous auriez dû venir nous trouver, s'exclama Clovis, cela aurait été plus facile. Votre crime était prémédité, j'espère que maître Dumont sera à la hauteur.

— Madame de Cassasse nous vous arrêtons pour le meurtre de votre époux. Vous serez transférée devant le juge d'instruction demain matin.

— Maman, mais pourquoi as-tu assassiné papa ? Le sergent a raison tu aurais dû aller au commissariat de police.

— Je l'ai fait pour toi aussi Stéphane, quelle honte pour la famille. D'ailleurs tu as une demi-sœur, parles-en à Madame de Marillac, même si c'était ma rivale, c'est une femme très bien, je ne peux nier les évidences.

— Bien sûr, je veux connaître ma sœur.

— Jeune homme, si vous avez besoin d'aide, nos services sont là pour vous soutenir. Voici leur carte. Ce sont les services sociaux.

— Merci, quand est-ce que je pourrai enterrer papa ?

— Puisque le meurtre est élucidé, je vous propose d'appeler ce numéro, on vous guidera dans vos démarches.

— Merci beaucoup !

— On vous dira également dans quelle prison votre mère sera transférée, ainsi vous pourrez aller la voir avant et après son procès.

— D'accord ! Merci pour vos conseils.

— Nous comprenons, pas de soucis.

Les enquêteurs quittèrent la demeure des Cassasse où cet horrible drame avait eu lieu et se dirigèrent vers le commissariat de Nançy.

— Madame la commandant, que faites-vous encore à cette heure dans nos locaux?

— Je vous attendais pour fêter cela, j'ai même arrangé un petit buffet pour tout le monde. Prévenez d'abord vos familles respectives, puis trinquons.

Et c'est ainsi que prit fin cette triste histoire du meurtre du marquis de Cassasse où l'appât du gain était la cause de son homicide.

Ce roman est basé sur la pure imagination de l'auteur. Les personnages et situations ont été inventés de toute pièce.

Toute ressemblance serait due au fruit du pur hasard.

Je remercie Marie-Josée mon amie et correctrice pour sa patience et sa gentillesse.

Ma famille, mes amis et mes connaissances pour leur soutien.

Merci à Bod de m'avoir permis d'être éditée.

© 2022, Eliane Schierer

Edition: BoD – Books on Demand,

info@bod.fr

Impression : BoD – Books on Demand, In de Tarpen 42, Norderstedt (Allemagne)

Impression à la demande

ISBN: 978-2-3224-2636-2

Dépôt Légal: août 2022